ALEXANDRE DUMAS

Siyah Lale

arkadaş YAYINEVİ
Yuva Mahallesi 3702. Sokak No: 4
Yenimahalle / Ankara
Tel:+90-312 396 01 11 Faks: +90-312 396 01 41
www.arkadasyayinevi.com
Yayıncı Sertifika No: 12382
Matbaa Sertifika No: 42488

ISBN: 978-975-509-834-0

ANKARA, 2020
4. Baskı

Uyarlayan	: Ali Aydoğan
Resimleyen	: Cemalettin Güzeloğlu
Redaksiyon	: Bahar Atakan
Yayına Hazırlık	: Zeynep Kopuzlu Taşdemir, Ece Şirin
Sayfa Düzeni	: Özlem Çiçek Öksüz
Kapak Tasarımı	: Lodos Grup
Baskı	: Bizim Büro Basım Evi Yayın ve Dağıtım Hizmetleri Sanayi ve Ticaret Limited Şirketi Zübeyde Hanım Mahallesi Sedef Caddesi 6/A Altındağ/Ankara

ALEXANDRE DUMAS

Siyah Lale

Uyarlama
Ali AYDOĞAN

4. Baskı

arkadaş
çocuk

Hollanda'nın Dordrecht şehrinde yaşayan Cornélius'un babası 1672 yılı başında hastalanıp yatağa düşmüştü. Yaşlı adam, son nefesini vermeden önce, oğluna şöyle bir öğütte bulunmuştu:

— Bir tüccar olarak çok paralar kazandım oğlum, ama bir türlü mutluluğu yakalayamadım. Durmadan koşuşturan insanların, mutlaka mutlu olduğu söylenemez. Sana öğüdüm şu: Kendine sakin bir yaşam kur ve huzuru, mutluluğu yakala.

Annesini yıllar önce kaybeden genç Cornélius Van Baerle, babasının da ölümüyle yapayalnızdı artık. Verilen öğüde uyarak çocukluğunu, gençliğini geçirdiği büyük evde, bir uşak, bir bahçıvan ve bir hizmetçiyle sakin bir yaşam sürdürmeye başladı. Miras kalan para ve mal varlığı, yaşamını rahatça sürdürebilmesi için yeterliydi. Hem bu nedenle hem de babasının öğüdü doğrultusunda doktorluk mesleğini bırakmıştı.

Sakin ve tekdüze yaşam, çok geçmeden sıkmaya başladı onu. Bunun üzerine pek çok Hollandalı gibi o da lale yetiştirmeye başladı. Farklı renk ve biçimlerde lale yetiştirmeyi başaranlar çok para kazanıyorlardı. Cornélius'un paraya gereksinimi olmasa da farklı türlerde lale yetiştirme isteğine ve heyecanına kaptırdı kendini.

Kütüphanesini, lale yetiştirme konusunda bilgi veren kitaplarla zenginleştirdi. Durmadan okuyor, notlar alıyordu. Pek çok uzman lale yetiştiricisiyle görüştü. Değişik türlerdeki lale soğanları için parasını cömertçe harcamaktan çekinmedi. Onun da birbirinden güzel lalelerle süslenmiş bir bahçesi ve ayrıca lale saksıları vardı artık.

Cornélius Van Baerle, bitişiğindeki evde oturan Isaac Boxtel adındaki adamın kendisini izlediğinden habersizdi. Yoksul olan Boxtel, iddialı bir lale yetiştiricisiydi. Ancak zengin komşusunun kendininkilerden daha güzel laleler yetiştirmesine katlanamıyordu. Perdenin arkasına gizleniyor ve dürbünüyle Cornélius'u izliyordu durmadan. Onun tohumlarla ve lale soğanlarıyla yaptığı çalışmaları öğrenmeye çalışıyordu. Ne var ki işine yarayacak kadar bilgi edinememişti henüz.

Boxtel, sonunda kıskançlıktan çatlayacak hale geldi. Hemen birkaç sokak kedisi ve köpeği bularak bunları gizlice rakibinin bahçesine bıraktı. Çiçekleri epey zarar gören Cornélius, gizli düşmanının yanı başındaki komşusu olduğunu aklının ucundan bile geçirmiyordu. Laleleri koruması için bahçıvana gözlerini dört açmasını söylemekten başka yapabileceği bir şey yoktu.

O günlerde, d'Orange Prensi'nin lekesiz simsiyah lale yetiştiricisine yüz bin Gulden para ödülü vereceği ilan edildi. Cornélius Van Baerle, bu işe kendini iyice kaptırdı ve hemen çalışmalara başladı. Kendisinden nefret eden bir komşuya sahip olduğunun ve onun tarafından sürekli izlendiğinin farkında bile değildi.

❀ ❀ ❀

1673 yılıydı. Ocak ayının soğuk bir akşamüstü Cornélius Van Baerle'yi yaşlı bir bey ziyaret etti. Hükümetin üst düzey görevlilerinden Corneille de Witt'ti bu ziyaretçi. Bu kişi, Van Baerle'nin babasının eski bir dostuydu.

Cornélius Van Baerle, değerli konuğuna büyük ilgi gösterdi. De Witt, Van Baerle'ye, kapalı bir zarf verdi. Bu mektup Fransa Kralı'na yazılmıştı. Van Baerle, zarfı, lale soğanlarını koruduğu küçük sandığa koyarken içinde ne tür kâğıtlar olduğu hakkında hiçbir soru sormadı. Sadece saklaması gerektiğini anlamıştı o kadar, kendisi için gerisinin önemi yoktu. De Witt, ona teşekkür ettikten sonra izin isteyerek ayrılıp gitti.

Komşu Isaac Boxtel, dürbünüyle bu gelişmeleri ilgiyle izlemişti. Boxtel, herkes gibi Corneille de Witt'i tanıyor, halkın bir bölümünün ondan nefret ettiğini iyi biliyordu. Bu ilginç ziyareti o yüzden daha da önemsemişti. Lale soğanı sandığına konulan zarfta ne olabilirdi? Boxtel, lale soğanlarını ele geçirebilmek için bu olaydan yararlanmaya karar verdi.

Olayın üstünden aylar geçti. Bu zaman içinde Cornélius Van Baerle, siyah lale yetiştirme konu-

sunda çok önemli gelişmeler elde etmişti. Şimdi elinde üç lale soğanı vardı ve bu soğanlardan siyah lale çıkacağına inanıyordu.

Aynı yılın sıcak bir yaz günüydü. Lahey kentindeki hapishaneye giden yol, öfkeli insanlarla doluydu. Hapishanede Corneille ve Jean De Witt kardeşler vardı. Herkes bağırarak, hakaretler ederek, De Witt kardeşlere ölüm tehditleri yağdırarak hapishaneye doğru yürüyordu.

Hapishanenin önünde bir bölük asker güvenlik önlemi almıştı. Komutan, öne çıkarak kalabalığa seslendi:

— Yasaları çiğneyemezsiniz! De Witt kardeşler suçluysa cezalarını ancak devlet verir. Hemen dağılmanızı emrediyorum.

Kalabalık, dağılmasa da olduğu yerde kaldı, ama tehdit dolu bağırışlar şiddetini artırmıştı.

O sırada Corneille de Witt, bir koğuştaki ranzasında hasta yatıyordu. Kardeşi Jean, üzüntü ve endişeyle baş ucunda bekliyordu. İsyancılar hapishaneye yaklaşırken, başgardiyanın kızı Rosa, koğuşun kapısını açmış ve kardeşlerin kaçmasını istemişti.

Aksi hâlde ikisinin de linç edileceğini biliyordu.

– Sevgili Cornélius, sevgili ağabeyciğim, dedi Jean üzgün ve çaresiz bir sesle. Fransa Kralı'na yazdığımız mektup nedeniyle halk çok kızgın. Duyuyor musun? Öfkeli sesler buraya kadar geliyor. Kendini biraz toparlamaya çalış, lütfen! Gardiyanın kızı bize yardım ediyor. Bizi götürecek arabayı hapishanenin arkasında hazır bekletiyor. Bu fırsatı değerlendirelim. Gecikmeden harekete geçmeliyiz. Aksi hâlde bizi linç edebilirler.

Corneille de Witt, doğrulurken güçlükle konuştu.

– Arkadaşımın oğlu Cornélius Van Baerle'ye bir zarf vermiştim. İçindeki mektuplar yakılıp yok edilmezse başı belaya girebilir. Ona hemen haber gönderip zarfı yakmasını istemeliyiz.

Cebinden çıkardığı bir kâğıda kısa bir mektup yazdı.

Sevgili Van Baerle,

Sana verdiğim zarfı açmamanı, içindeki kâğıtları okumamanı istemiştim. Bu satırları okur okumaz o

11

zarfı hemen yak lütfen. Kendi iyiliğin için kesinlikle okuma sakın. Onları yakmakla onurunu kurtarmış olacaksın.

26 Ağustos 1672
Corneille de Witt

Jean de Witt, mektubu Rosa aracılığıyla dışarıda bekleyen uşağına gönderdi. Genç kız, mektubu verir vermez koğuşa dönerken; uşak, mektubu yerine ulaştırmak için harekete geçmişti bile.

Bu arada, gelen bir emirle askerler alandan ayrılmış, hapishane başıboş kalabalığa kalmıştı. Halk, daha büyük bir öfkeyle bağırıp çağırarak binaya doğru yürüdü.

Tüyler ürperten sesler arasında, küçük de Witt, ağabeyinin koluna girerek onu koğuştan çıkardı. Rosa önde, onlar arkada, küçük bir avluyu geçtikten sonra sokağa çıktılar.

Corneille de Witt, elini kızın omzuna koydu.

— Bizim için çok özverili, ama kendin için çok tehlikeli bir davranışta bulundun Rosa. Çok teşekkür ederim yavrum.

Rosa, çok gergindi ve yüzü korkudan bembeyaz kesilmişti.

— Kalabalık kapıyı zorluyor efendim, lütfen daha fazla zaman yitirmeyin.

De Witt kardeşler, arabaya biner binmez arabacı atları mahmuzladı. Hapishanenin arka kapısına ulaştıklarında kapının kapalı olduğunu gördüler. Kapı açık olsaydı, arabayı nöbetçinin üstüne sürüp geçeceklerdi. Başka bir çıkış yolu bulabilmek için çaresiz geri döndüler.

Mahkumların kaçtığını anlayan halk, daha büyük bir öfkeyle hapishane koridorlarından geçip arka sokağa koşmuştu. Corneille de Witt ile kardeşi, gözü dönmüş kalabalıkla yüz yüze gelince sonlarının geldiğini anladı. Arabacı, atları kalabalığın üstüne sürdüyse de iş işten geçmişti artık.

O sırada Cornélius, tohum odasındaydı ve tüm dikkatini yine lale soğanlarına vermişti. Avucundaki üç minik soğanı incelerken büyük bir mutlulukla şöyle mırıldanıyordu:

– Siyah laleyi buldum sanırım. Ödül olarak verilecek yüz bin Gulden'in elli binini yoksullara dağıtırım. Kalan elli bin Gulden'i başka laleler yetiştirmek için harcarım. Öyle ya, lalelerden gelen paranın bir kısmının yine lalelere harcanması gerekir. Çok mutluyum. Dünyadaki tüm lale üreticileri bu laleye "Van Baerle Siyah Lalesi" diyecekler ve böylece adımı yaşatmış olacaklar.

Kapı vurulunca "Gir!" diye seslendi. Kapı aralığından başını uzatan hizmetçi, saygılı bir sesle:

– Efendim, sizi görmek isteyen biri geldi; konu acilmiş, dedi.

– İçeri al lütfen.

Cornélius'un karşısına çıkan uşak, kendini tanıttıktan sonra aceleyle konuştu:

– Ah efendim, bir bilseniz ne kötü şeyler oldu. İsyancı bir kalabalık hapishaneyi bastı. Ben ayrılırken Bay Corneille de Witt ile kardeşi, hayati tehlikeyle karşı karşıyaydı. Belki de şu anda... Ah, gerisini düşünmek bile istemiyorum! Size bir mektup gönderdiler ve yazılanları hemen uygulamanızı istediler. Buyurun işte mektup.

Cornélius Van Baerle, tam mektubu eline almıştı ki hizmetçi, telaşla içeri daldı ve evi askerlerin bastığını söyledi. Buna bir anlam veremeyen genç adam, üç lale soğanını uşağın verdiği mektup kâğıdına sarıp cebine attı hemen.

Tam o anda bir subayla altı asker odaya girdi.

— Corneille de Witt'in ocak ayında size verdiği zarfı istiyorum, diye emretti subay sert bir sesle.

Van Baerle, ne yapacağını şaşırdı.

— Ama komutanım, Corneille de Witt'in isteği doğrultusunda, zarfı kendisinden başkasına veremem. Bu isteğe aykırı davranmak hiç de dürüst bir davranış olmaz benim için.

Komutan, içeriye göz gezdirirken, "İhbarcı, zarfın bir sandıkta muhafaza edildiğini söylemişti." diye düşündü. Küçük bir sandıktan kuşkulanarak:

— Askerler, şu sandığı açın, diye emretti.

Yanılmamıştı. Sandıktan çıkan zarfı açıp içindeki kâğıtlara şöyle bir göz attıktan sonra:

— Sizi gözaltına almak zorundayım Bay Van Baerle, dedi.

— Neyle suçlandığımı öğrenebilir miyim komutan?

— Lahey'de hâkim karşısına çıktığınızda öğrenirsiniz. Hazırlanın gidelim.

Isaac Boxtel, bir işi nedeniyle o gün evi izlemeye geç başlamıştı. Bu nedenle Cornélius'un soğanları kâğıda sarıp cebine koyduğunu görmemişti. Dürbünü gözüne dayayıp da Van Baerle'nin askerler tarafından götürüldüğünü görünce sevinçle ellerini ovuşturdu.

— İyi ki onu ihbar etmişim. Az sonra eve girerim ve siyah lale soğanlarını ele geçiririm. Böylece yüz bin Gulden'e konarım.

Adam, ortalık sakinleşince gizlice eve girdi. Soğan odasını didik didik etmesine karşın siyah lale soğanlarını bulamadı. Öfkeyle yumruklarını sıkarak:

— Van Baerle, onları yanında götürmüş olmalı, diye söylendi.

Amacına ulaşmak için peşinden gitmeye karar verdi.

❀ ❀ ❀

Gardiyan Gryphus, hapishanede yaşanan olayların hemen öncesinde bir görev gereği valiliğe gitmişti. Hapishaneye dönüp de olayları öğrenince kızını karşısına almış ve:

– Görevli olarak merkeze gittim, döndüğümde neler olmuş neler, demişti sert bir sesle. Vatan hainleri, koğuştan çıkmayı nasıl başarmışlar?

Rosa, babasının çok acımasız olduğunu biliyordu. De Witt kardeşlere kendisinin yardım ettiğini söylemesi durumunda gözünün yaşına bakmazdı.

– Ben de anlamadım, diye yanıtlamıştı babasını. O sırada odamdaydım. Dışarıda gürültüler kopunca korkudan kapımı kilitleyip içeride kalmıştım.

Gryphus, kaşlarını kaldırıp dudağını büktü.

– İyi yapmışsın Rosa. Ama bizi suçlayan olmasa bari!

Korkusu boşunaydı. Onları suçlayan olmadı.

Ertesi günün sabahı, erken saatte hapishaneye yeni bir mahkum getirildi. Subay, gardiyan Gryphus'a kolları zincirli genç adamı işaret ederek:

– Cornélius Van Baerle, De Witt kardeşlerin dostudur, dedi. Onlarla ilişkisi nedeniyle tutuklandı.

– Öyleyse onların koğuşunu bu beyefendiye verebilirim, diye gülümsedi gardiyan.

Gardiyan askerler gidince Cornélius'un zincirini çıkardı ve onu De Witt kardeşlerin koğuşuna götürdü. Rosa da yanındaydı. Genç kız, köşedeki tahta ranzaya, yer yer sıvası dökülmüş ve karalanmış duvarlara ürpererek bakan adama acıdı. "Zavallı adam... Çok temiz bakışları var, buraya uygun biri olmadığı ne kadar da belli." diye düşünmeden edemedi.

Cornélius Van Baerle, hiç konuşmuyor; bulunduğu yeni duruma uyum sağlamaya çalışıyordu. Kapı üstüne kilitlendiğinde ve gardiyanla kızı uzaklaştığında koğuş derin bir sessizliğe gömüldü. Genç adam, ancak o zaman çok yorgun olduğunu fark etti ve sırtüstü ranzaya uzandı. Derin ve karamsar düşünceler içindeydi. Rahatlayabilmek için uyumak istese de bunu başaramadı. Onun için zaman kavramı yok olmuştu sanki. Aradan kaç saat geçmişti bilinmez, kalkıp pencereden baktığında ağacın gövdesine tutturulmuş bir tabeladaki yazıyı okudu.

"Burada Fransız Kralı'nın dostları olan iki azılı vatan haini Corneille de Witt ile kardeşi Jean de Witt hakettikleri cezayı buldular."

Elinde olmadan yüksek sesle haykırdı.

— Olamaz! Zavallı dostlarım!

Bu haykırışı duyan gardiyan, kapının parmaklığını açıp içeriye bakarak:

— Yazılmaması gereken mektupları yazanlar böyle bir sonla karşılaşırlar Bay Van Baerle, dedi. Mektupları saklayanların başına da aynı şeyler gelebilir.

Gardiyan parmaklığı kapatıp çekildi. Cornélius Van Baerle yıkılmıştı. Kendini ranzaya bıraktı ve uzun süre öylece hareketsiz kaldı. Dostlarının ölümü onu çok etkilemişti. Sonra kendini toparlamaya çalıştı. Hapishanede de olsa bir şeyler yapmalı, yaşama bağlanmalıydı. Aklına lale soğanları geldi. Soğanları kâğıttan çıkarıp avucuna aldı ve sevgiyle okşarken, "Tüm çabalarım boşa gitti." diye düşündü acı içinde. "Burada ne toprak var ne de gün ışığı. Siyah laleyi nasıl yetiştirebilirim ki?"

Genç adam böyle derin düşünceler içindeyken

Gardiyan Gryphus, bir iki parçadan oluşan kahvaltı getirdi ona. Cornélius'un içinden bir şey yemek gelmedi. Bu durumdayken yemeyi nasıl düşünebilirdi? Yine ranzaya çöktü ve oturduğu yerde öylece kaldı. Saatler sonra pencereden dışarı baktığında üzüntü veren o tabelanın yerinde olmadığını fark etti. Birileri kaldırmış olmalı diye düşündü. Bu çok iyi olmuştu. Cornélius, pencereden rahatça bakarak hava alabilir, sıkıntısını az da olsa azaltabilirdi artık.

Gryphus, öğle yemeği için koğuşun kapısını açmıştı ki eşiğe takılıp düştü ve can acısıyla korkunç bir çığlık attı. Cornélius, adamın yardımına koştu hemen. Çığlığı duyan Rosa da soluğu orada aldı. Genç kız, olayı yanlış anladı ve mahkumun, babasına saldırdığını sandı önce. Çünkü babasının mahkumlara kötü davrandığına ve onlardan sert tepki gördüğüne birkaç kez tanık olmuştu.

Kızın yanlış yorumladığını fark eden Cornélius, aceleyle açıklama yaptı.

– Babanız düştü. Kolu kırılmış. Ona yardım etmeye çalışıyorum. Bana güvenin lütfen, asıl mesleğim doktorluktur.

Rosa, büyük bir mahcubiyetle teşekkür etti ona. Cornélius'un istediği iki tahta parçasıyla bez getirmeye gitti hemen.

— Sarabilmem için kırılan kemiği yerine oturtmam gerekiyor, dedi Cornélius gardiyana. Canınız biraz yanacak ama dayanmalısınız.

Rosa malzemelerle geldiğinde kemiği yerine oturtmuştu. Acıya dayanamayan gardiyansa bayılmıştı. Cornélius, genç kızın yardımıyla gardiyanın kolunu sarıp askıya aldı. İşleri bitince Rosa, baygın babasına göz attıktan sonra mahkuma bakarak:

— İsteseniz kaçabilirdiniz, dedi. İyi bir insan olduğunuz belli. Haksızlığa uğradığınızı sanıyorum. Babam kendine gelmeden kaçıp gidebilirsiniz.

— Teşekkür ederim, ama bunu kabul edemeyeceğim. Kaçarak sizin başınızı belaya sokmak istemem. Üstelik hiçbir suçum yok. Kaçarsam suçluluğumu kabul etmiş olurum.

O sırada gardiyan kendine gelir gibi olmuştu. Rosa, bunun üstüne:

— Konuşmayalım artık, diye fısıldadı. Babam konuştuğumuzu anlarsa sizi görmeme izin vermez.

– Beni görmeye gelecek misiniz peki?

– Tabii.

Cornélius Van Baerle, adeta içinde güneş doğduğunu hissetti. Karamsarlığın yerini göz alıcı bir aydınlık doldurmuştu birden.

Cornélius Van Baerle, ertesi gün saat onda askerlerin nezaretinde mahkemeye götürüldü. Üç hâkim tarafından yargılanan genç adamın içi oldukça rahattı. Yasa dışı hiçbir şey yapmadığı için ceza almayacağına inanıyordu. Sert geçen bir yargılamadan sonra kararın en kısa sürede kendisine bildirileceği söylendi. Hapishaneye geri gönderildiğinde içini sıkıntı kaplamıştı.

Saat on birde gönderilen kararda, idam edileceği bildirildi. İnfaz bir saat sonra, yani tam on ikide gerçekleştirilecekti. Cornélius üzülmekten, paniğe kapılmaktan daha çok şaşırmış görünüyordu. Suçsuz bir insan hakkında nasıl olur da böylesine acımasız bir karar verilebilirdi?

Kararı öğrenen Rosa, gözyaşlarına hâkim olamadı. Böyle bir şey nasıl mümkün olabilirdi? İçin için ağlarken kapı parmaklığından bakıp genç adamı avutacak sözler söylemeye çalıştıysa da kelimeler boğazında düğümlendi.

– Sizin için yapabileceğim bir şey var mı, diye sorabildi sadece.

Cornélius, Rosa'nın kapı parmaklığından uzanan bir elini tutup nazikçe öptükten sonra:

– Cüretimi bağışlayın lütfen, hayatımda gördüğüm en güzel kız olduğunuzu söylemek isterim öncelikle, dedi. Size bir şey daha söylemek istiyorum. Bakın şu kâğıda sarılı üç lale soğanı var. Sanırım siyah lale soğanı elde etmeyi başardım; ne yazık ki toprağa dikip yetiştirmek için zamanım kalmadı. Soğanları size veriyorum. Siyah lale yetiştirenlere verilecek olan yüz bin Gulden ödülünü sizin almanızı istiyorum. Ama bunun için iki şartım var: Benim çiçekleri sevdiğim oranda seveceğiniz bir gençle evlenirseniz para sizin olacak. İkinci şartıma gelince yetiştireceğiniz siyah laleye sizin ve benim adımdan oluşan "Rosa-Baerle Lalesi" adının verilmesini istiyorum. Bu isteklerimi bir vasiyet olarak şu kâğıda az önce yazdım. Alın okuyun. Kabul ederseniz çok mutlu olurum.

Rosa, eline tutuşturulan kâğıda sarılı lale soğanlarına ve vasiyete şaşkınlıkla bakakaldı. Kısa süre sessizce genç adamı süzdükten sonra:

– Okuma yazma bilmediğim için kâğıda ne yazdığınızı okuyamayacağım, dedi.

– Bunu bilmiyordum. Keşke zamanımız olsaydı, büyük bir zevkle size okuma yazma öğretirdim.

– Ah, bunu çok isterdim. Evlilikle ilgili isteğinize gelince, yerine getirmem mümkün değil. Hiç kimseyi sevmeyeceğim ve hiçbir zaman da evlenmeyeceğim. Siyah laleyi yetiştirmek içinse elimden geleni yapacağıma inanabilirsiniz.

Tam o anda birkaç askerle bir subay girdi içeri. Rosa, Cornélius'un idama götürülecek olması düşüncesine dayanamadı ve bayılarak yere yığıldı. Altın sarısı saçları, güzel yüzüne dağılmıştı. Soğanların sarılı olduğu kâğıdın bulunduğu eli, kalbinin üstündeydi ve sımsıkı kapalıydı.

O sırada hapishanenin avlusundaki yüzü maskeli cellat, görevini yapmak için tüm ciddiyetiyle dimdik bekliyordu. İdamı izlemeye gelenlerden Isaac Boxtel, yapmacık üzgün bir tavırla cellada yaklaştı. İdam mahkumunun çok sevdiği bir arkadaşı olduğunu ve ölümünden sonra cesedi almak istediğini; bunun için kendisine yüz Gulden verebileceğini söyledi. Cellat, razı oldu ve kimseye sezdirmeden parayı peşin aldı.

Askerler, Cornélius Van Baerle'yi avluya götürdüklerinde halk arasında bir dalgalanma oluştu ve derin bir uğultu koptu. Kimisi acıyarak baktı mahkuma, kimisi nefretle.

Cornélius haksız yere idam edilecek olmanın şaşkınlığı içindeydi hâlâ. Ama yüreğini sarsacak, kanını donduracak kadar büyük bir korku içinde değildi. Aklı lalelerinde ve altın saçlı güzeller güzeli kızdaydı. İdam sehpasının basamaklarını çıkarken hâlâ soğukkanlıydı. Kendini kötü bir rüyanın içindeymiş gibi hissediyordu. Sanki tüm bunlar bir oyundu ve az sonra uyanacaktı.

Isaac Boxtel, heyecanla soluğunu tutmuştu. Siyah lale soğanlarının mahkumun cebinde olduğuna inanıyordu. Sadece dakikalar sonra onlara kavuşacaktı. Büyük para ödülünün hayaliyle acımasızca gülümsüyordu. Ne var ki çok geçmeden düş kırıklığına uğradı.

Son anda alana koşan bir subay:

— İdamı durdurun, diye bağırdı. Cornélius Van Baerle'nin yeniden yargılanmasına karar verildi.

Yeniden bir uğultu koptu. Bu kararı kimi alkışladı, kimiyse karara karşı çıktı.

Cornélius'u kurtaran, hâkimlerin kendi aralarındaki yeni yorumları olmuştu. Kendisi Fransa Kralı'na mektup yazmamıştı; sadece başkasının yazdığı mektubu, içeriğini bilmeden emanet olarak saklamıştı. Bu durumda en uygun ceza, ömür boyu hapis olabilirdi ancak.

Kalabalık dağılırken, içlerinden biri öfkeden çıldırıyordu; bu adam Boxtel'di. Rosa ise tam tersine çok mutlu olmuştu.

Cornélius Van Baerle, yeniden yargılandı ve bu kez ömür boyu hapse mahkum edildi. Genç adam, bu cezayı pek umursamadı. Çünkü idamdan son anda kurtulmuştu ne de olsa. Üstelik siyah lale soğanları ve yüzü gibi kalbi de güzel Rosa ile hep bir arada olacaktı, gerisi önemsizdi.

Ne yazık ki düşündüğü gibi olmadı. Cezasını çekmek için Loevestein Kalesi'ndeki hapishaneye nakledildi. Bu beklenmeyen durum, Cornélius'u olduğu kadar Rosa'yı da üzdü.

Genç kızla aynı çatı altında olabilmek için Cornélius'un yapabileceği bir şey yoktu. Çok üzgündü genç adam. Sadece Rosa ile değil, lale soğanlarıyla ilgili hayalleri de suya düşmüştü. Kendisine yaşama mutluluğu aşılayan güzeller güzeli kızı göremeyecekti bir daha.

Umutsuzluk batağına saplandığı bir şubat akşamı, demir parmaklıklı kapının arkasından gelen bir ses, bedeninin tepeden tırnağa titremesine neden oldu.

— Bay Van Baerle!

Aylardır özlemini çektiği sesti bu. Kalbi bir an için yerinden sökülecek gibi oldu. Kapının parmaklığına atılırken, sesi mutluluktan titreyerek, "Bayan Rosa!" diye bağırdı.

Gelen, gerçekten de Rosa'ydı. Genç kız, mutluluk ve telaş karışımı bir sesle:

— Aman efendim, yüksek sesle konuşmayın lütfen, dedi. Babam yakınımızda. Buraya tayin edildi. Şu anda hapishane müdüründen talimatlar alıyor.

Cornélius, mutlu bir şaşkınlık içindeydi. Kulaklarına inanamıyordu. Rosa, altın sarısı saçları, güzel yüzü ve kadife sesiyle bir kez daha karşısındaydı işte.

— Ah, sevgili Rosa, siz burada ha! Bunu nasıl başardınız?

— Uzakta olsanız da lale soğanlarına baktıkça sizi hep yanımda hissettim, diye karşılık verdi Rosa. Lalelerinizden yoksun bırakamazdım sizi, ama ne yapacağımı bilemiyordum. Sizden babama söz etmeden, bu hapishanenin kendisi için çok daha iyi olacağını söyledim. Yazıp imzaladığı bir dilekçeyi d'Orange Prensi'ne götürdüm. Prens, beni kırmadı ve babamın Loevestein Kalesi'ndeki hapishaneye tayin edilmesine onay verdi. Neyse, babam sizinle konuştuğumu görürse her şeyi anlayabilir ve görüşmemizi yasaklar. O gelmeden gideyim.

Rosa'nın ayrılmasından beş dakika sonra kapının ardında başka ayak sesleri duyuldu. Gelen, Rosa'nın babasıydı. Gryphus, parmaklıktan içeri bakarken alaycı bir ses tonuyla şöyle dedi:

– Bu ne rastlantı Bay Van Baerle. Bu hapishanede de pek çok gardiyan var, ama senin gardiyanın yine ben oldum. Dünya küçükmüş gerçekten de. Ancak önceki hapishaneden tanışıyoruz diye benden yumuşaklık bekleme sakın! Mahkumlara asla güvenmem. Hiçbir hile sökmez bana, haberin olsun.

Gardiyan, bir kahkaha attıktan sonra çekip gitti. Cornélius, adamın aşağılayan davranışına ne üzüldü ne de gücendi. Rosa gibi bir destekçisi vardı ya önemli olan buydu. Genç adam, yeniden hayata dönmüştü.

Gryphus'un akşam yemeklerinden sonra kısa süreliğine uyumak gibi bir alışkanlığı vardı. Bundan yararlanan Rosa, her gece rahatlıkla Cornélius'u ziyaret edebiliyordu. Bir ziyaretinde lale soğanlarını Cornélius'a vermek istemişti, ama genç adam bunu kabul etmedi.

– Hepsi bende olursa koruyamayabilirim. Bir

31

saksıya bahçeden toprak doldurup bana getirebilirseniz bir lale soğanını kendim yetiştirmeye çalışırım. Küçücük pencereden sızan güneş ışığında bunu başarabilir miyim, emin değilim. Her olasılığa karşı siz de bahçede ayakaltı olmayan bir köşeye ikinci soğanı dikersiniz. Aksilikleri dikkate alarak üçüncü soğanı şimdilik bir yerde saklayın lütfen. Diktiğimiz soğanlara zarar gelirse elimizde sağlam bir soğan kalmış olur.

Cornélius Van Baerle, Rosa'nın gizlice verdiği küçük bir saksıya ilk lale soğanını dikti. Koğuşunda bir dost edinmiş gibi mutluydu artık. Rosa, ikinci soğan için bahçede bir yer hazırlamıştı. Dikim için Cornélius'un belirleyeceği uygun zamanı bekliyordu.

İki genç, zamanla aralarındaki resmiyeti kaldırdı. Birbirlerine isimleriyle sesleniyorlardı artık. Buna en çok da Rosa sevindi. Çünkü genç kız, resmiyetten oldum olası hoşlanmazdı.

Cornélius, bir gün bir kaygısını dile getirdi.

— Sevgili Rosa, gün gelir de baban başka bir hapishaneye tayin olursa sana mektup ulaştırmakta zorlanırım. Bunun için şimdiden bir yol bulmamız gerekir.

Rosa, acı acı güldü ve mektup eline geçse bile okuyamayacağını söyledi. Rosa'nın okuma yazma bilmediğini hatırlayan Cornélius, genç kıza okuma yazma öğretmek için kolları sıvadı. Rosa çok zeki bir kızdı. Öğretilenleri hemen kavrıyordu. Kısa süreli görüşmelerde aldığı derslerle bir ay gibi kısa sürede okuma yazmayı öğrenebildi. Büyük bir eksiğini tamamlamanın tarifsiz mutluluğu içindeydi artık.

Nisan sonlarıydı. Rosa, Cornélius'u ziyaret ettiği bir akşam epeyce gergindi.

— Adının Jacob Gisels olduğunu söyleyen bir adam, iki gündür babamı ziyaret ediyor Cornélius. Hiç de dost görünmüyor. Yine de babama iyi davranıyor. Bir ara ona para verdiğini gördüm. Onun önceki hapishaneye geldiğini de anımsıyorum. Bir de... Dün akşam ne oldu biliyor musun? Verdiğin soğan için bahçede toprağı hazırlarken aynı adamın beni gizlice gözlediğini fark ettim.

Cornélius'un kaşları çatıldı.

— O adam sana âşık olmasın sakın? Seni babandan istemiş olabilir. Genç mi bari?

— Değil, elli yaşlarında. Genç olsa ne değişir ki? Nefret ediyorum, tiksiniyorum o yılan bakışlı adamdan. İçim karardı. Konuyu değiştirelim. Sahi senin lale ne durumda? Büyüyor mu?

— Evet, dedi neşelenen Cornélius. Bu sabah toprağın üstüne çıkan ilk yaprakları gördüm.

O günden sonraki günlerde Gryphus, hiç beklenmeyen anlarda Cornélius'a âdeta baskın yapmaya başladı. Sanki bir sırrı öğrenmeye çalışır gibiydi. Bunun farkına varan Cornélius, yaklaşan ayak seslerini duyduğunda lale saksısını hemen ranzanın altına itiyordu.

Ne var ki bir gün, ayaklarının ucuna basarak sessizce gelen gardiyan, kapı parmaklığını aniden açıp bakınca saksıyı gördü. Kapıyı açıp içeri daldığı gibi saksıyı alıp yere attı ve henüz boy atmaya başlayan laleyi ayakları altında ezdi. Bir yandan da öfkeyle bağırıp hakaretler ediyordu.

Tam o sırada oraya gelen Rosa, olayı görünce çok üzüldü, ama Cornélius'a açıkça destek veremedi. Aksi hâlde bir daha Cornélius'u ziyaret edemeyeceğini biliyordu. Sesinin titremesine engel olmaya çalışarak Jacob Gisels'in aşağıda kendisini beklediğini söyledi. Sonra da bir fırsatını bularak Cornélius'u avutabilmek için şöyle fısıldadı.

— Ne olur kendini üzme. Bendeki soğanı yarın dikeceğim. Üçüncüsü sapasağlam zaten.

Sonra aceleyle babasını izledi. Koğuşun ağır kapısı kapanırken, Cornélius yerdeki lale parçalarına bakakalmıştı. Kalbi, saksıdan daha beter parçalanmış, duyguları laleden beter ezilmişti.

O gün akşamüstü Rosa geri geldiğinde, Cornélius kendini epey toparlamıştı, ama yüzü gülmüyordu. Genç kız, müjde veren bir ses tonuyla:

— Babam, lale soğanını ezdiğini anlatınca Bay Gisels çok öfkelendi ve babama demediğini bırakmadı. Babam, "Mahkum lale soğanını ve saksıyı nasıl elde etmiş, ben asıl onu merak ediyorum." dedi. Ah Cornélius, o anda sana yardım ettiğim meydana çıkacak diye çok korktum ve bakışlarımı onlardan kaçırdım. Bay Gisels, lale yetiştiricilerinin genellikle üç soğanı korumaya aldıklarını söyledi. Babam, onun isteğiyle koğuşu aramaya kalkabilir, demedi deme. Diğer iki soğanın bende olduğunu nereden bilsinler.

Genç kızı sabırla dinleyen Cornélius Van Baerle:

– Jacob Gisels, kimdir, neyin nesidir bilmiyorum, ama bir lale hırsızı olduğu kesin, dedi. Bahçede soğan için toprak hazırlarken seni izlediğini söylediğinde sana âşık olduğunu sanmıştım. Demek ki yanılmışım. Adam soğanlarımın peşindeymiş.

Rosa'nın kaşları birden çatıldı.

– Soğanları her şeyden çok seviyorsun Cornélius, değil mi?

– Evet Rosa. Baban laleyi ezerken kalbimin de ezildiğini hissettim. O anda ölmekten beter olmuştum.

Rosa, elinde olmaksızın hıçkırarak ağlarken:

– Kalbinde başka sevgiye yer olmadığını görüyorum Cornélius, dedi ve koşarak uzaklaştı.

Genç adam, yüzünü kapının parmaklığına dayadı ve şaşkın şaşkın onun ardından bakakaldı. Yaptığı hatayı anlamıştı. Ne var ki gönlünü alabilmek için geç kalmıştı. Çünkü Rosa koridorun ucundaki merdivenleri çoktan inmişti.

Acı içinde ranzasına çöktü ve başını ellerinin arasına aldı. Kalbi mengeneye sıkışmış gibiydi, çok acı çekiyordu. O gece sabaha kadar uyuyamadı. Hayaller birbirini kovalayıp durmuştu. Lale soğanlarından daha çok, altın saçlı, gül yüzlü Rosasının hayalleriydi bunlar.

Rosa da uyuyamamıştı o gece. Sabaha kadar dönüp durmuş ve sonunda Cornélius'u bir daha görmemeye karar vermişti. Mademki onun gönlünde kendisine ait bir yer yoktu, görüşmenin bir anlamı olamazdı.

Cornélius, o gün akşama kadar merak içinde kıvrandı. Rosa, akşam kendisini görmeye gelecek miydi? Onu laleden çok daha fazla sevdiğini söylemediği için pişmanlıktan içi içini kemiriyordu. Ah, ne olur, akşam gelse de aşkını yüzüne haykırsaydı. Ne yazık ki ne o gün, ne de sonraki dört gün koridorda Rosa'nın ayak sesleri duyulmadı. O kadar üzgündü ki iştahı kaçmış, yemeden içmeden kesilmişti. Gardiyanın getirdiği yemeği zorla yemeye çalışıyor, ama bunu başaramıyordu. Lokmalar boğazında düğümleniyor; ya midesini bulandırıyor ya da onu boğacak gibi oluyordu.

Gryphus, "Bizim lale yetiştiricisini yakında yitireceğiz sanırım." diye düşünüyordu. "Anlayamıyorum, ezdiğim bir laleydi sadece, insan bunun için yaşamdan soğur mu?"

Cornélius, birkaç gün içinde erimişti âdeta. Yedinci günün sabahı, yattığı yerden kapıya bakınca yerde bir kâğıt gördü. Büyük bir umutla gidip kâğıdı aldı ve merakla okudu: "Her şey yolunda Bay Van Baerle, laleniz büyüyor. Babamın söylediğine göre hastaymışsınız. Geçmiş olsun." diye yazıyordu. Rosa'nın yazısını tanıdı. O anda içine bir güç dolduğunu ve yeniden dirildiğini hissetti genç adam. Kız, araya resmiyet koyacak sözcükler kullanmıştı; ama Cornélius, bunu önemsemedi. Yazmıştı ya önemli olan buydu.

Özenle gizlediği kalemini çıkarıp bir kâğıt parçasına cevap yazdı:

"Çok teşekkür ederim sevgili Rosa. Ancak şunu belirtmeliyim ki üzüntümün ve hastalığımın nedeni laleler değil senin gelip beni görmemendir."

Gryphus, akşam yemeğini bırakıp odadan ayrılınca kâğıdı kapının altından attı. Birden iştahı yerine gelmişti. Karnını doyururken kulağı kapıdaydı. Ayak sesleri duymamıştı, ama bir süre sonra karanlığın içinden Rosa'nın fısıltılı sesi duyuldu.

— Yarın görüşürüz.

Cornélius, kapının parmaklığına atıldığında kız çoktan gitmişti. Genç adam, günlerdir ilk kez deliksiz uyudu. Ertesi gün, akşamı iple çekti. Sevgili Rosasının güzel gözlerine doya doya bakarak özlem gidereceği anı sabırsızlıkla bekliyordu.

Gryphus, akşam yemeğini bıraktıktan sonra boşları alırken:

— Vay vay vay, beyimizin iştahı yerine gelmiş, dedi alaycı bir sesle ve çekip gitti.

O gece saat sekize yaklaşırken Rosa, elindeki lambayla kapıda belirdi. Yerinden fırlayan Cornélius, parmaklıktan bakarken:

— Oh, sonunda gelebildin, dedi mutluluktan titreyen bir sesle.

Rosa ise hâlâ ciddiydi.

— Babam hastalandığını, yemeden içmeden ke-

sildiğini söyleyince merak ettim seni, dedi soğuk bir sesle. Sadece laleleri düşünmekten hasta olduğunu biliyorum. Şimdi nasılsın?

Cornélius, Rosa'nın ona soğuk davranmasına alınmadı, bunu hak ettiğine inanıyordu. Neyse ki kız, senli benli konuşuyordu; buna çok sevindi.

– Daha iyiyim Rosa. Ama hastalanmamın nedeni sandığın gibi laleler değil. Seni görememenin üzüntüsüyle hastalandım.

Genç kız, bu açıklamayı duyunca çok mutlu olduysa da ciddiyetini sürdürdü.

– Demek laleleri o kadar önemsemiyorsun artık. Yine de söyleyeyim, lalelerin büyük bir tehlike içinde.

Cornélius'un gözleri iri iri açıldı.

– Nasıl bir tehlike!

– Bakıyorum da laleden söz edince yine kendini kaybedecek gibi oldun. Neyse... Jacob Gisels, babamla dostluğu ilerletti. Her gün hediyelerle hapishaneye geliyor. Dün bahçenin bir köşesine gittim ve lale soğanı dikiyor gibi yaptım. Ayrılınca gizlenip baktığımda adamın hemen ortaya çıktığını gördüm. Adam, kazdığım çukuru kontrol etti; toprakta aradığını bulamayınca büyük bir üzüntü ve öfkeyle oradan ayrıldı.

– Adam soğanı çalamadı, ama biz de dikmek için geç kaldık.

– Mutlu olabilirsin Cornélius. Soğanı tam altı gün önce bir saksıya diktim. Üstelik tam da senin tarif ettiğin gibi. Şimdi odamda. Sabah ve akşam güneşinden yararlanabilmesi için sürekli yer değiştiriyorum. Kapıyı kilitli tuttuğum için hırsızın çalması olanaksız.

– Çok yaşa Rosa! Kusursuz bir bahçıvansın sen! Demek lale soğanım altı gündür toprağın şefkatli kucağında öyle mi? Bakımını güzelce sürdürürsen bugün yarın yapraklanacağına eminim. Ah sevgili Rosa, beni ne kadar mutlu ettin bilemezsin.

– Bilirim, dedi Rosa sitemli bir sesle. Sadece laleleri sevdiğini bilmez miyim?

Cornélius, baltayı bir kez daha taşa vurduğunu anladı ve toparlamaya çalıştı.

– Yanılıyorsun sevgili Rosa, sadece seni seviyorum; hem de canımı verecek kadar. Evet, laleleri de seviyorum, ama onlar sadece birer çiçek. Sana yararı dokunsun istiyorum.

– Biliyorum Cornélius. Elde edilecek yüz bin Gulden'i benim kullanmamı ve bir gençle evlenmemi istiyorsun. Ama tüm günüm lalene bakmakla geçtiği için evlenebileceğim bir gençle tanışmam pek kolay olmayacak.

Cornélius, bu sitem karşısında söyleyecek bir söz bulamayınca şaşkın şaşkın ona bakakaldı ve:

– Yarın da geleceksin değil mi, diyebildi sadece.

– Artık siyah laleden söz etmeyeceksen gelirim.

Cornélius'un tek dostu sadece Rosa değildi. Birkaç güvercin dostu da vardı. Bu dostları, idamdan kıl payı döndükten sonra yeni hapishaneye nakledildiği günlerde edinmişti. Bir gün koğuşunun penceresinin dışa bakan çıkıntısına bir güvercin konduğunu görmüştü. Onu ürkütmemek için sessizce yaklaşıp yavaşça ekmek parçaları koymuştu. Güvercin, kaçacak gibi olduysa da durup ekmeği yemeği yeğlemişti. İlk dostluğu, o güvercinle kurmuştu. Güvercinlerin sayısı önce ikiye, sonra üçe çıktı. Daha sonra da sayıları gittikçe arttı. Rosa'sız geçen bir haftaya, güvercin dostları sayesinde dayanabilmişti.

Gryphus, güvercinlerin farkına vardığında büyük bir tepki göstermişti. Kendi borusunun öttüğü yerde, mahkumların böyle şeylerle avunmalarını, mutlu olmalarını istemiyordu. Suçlular, madem yasalarla cezalandırılmışlardı, cezalarını üzüntü duyarak çekmeliydiler. Kızının insancıl özelliklerinin tersine o, gaddar bir yüreğe sahipti; acıma ve merhamet duygusunu tatmamıştı.

Gryphus, o akşam yemeğini götürdüğünde Cornélius'un şarkı mırıldanarak pencereden dışarı baktığını görünce çok şaşırdı.

– Bakıyorum da birden iyileşmişsin Van Baerle. Keyfin yerinde.

Cornélius, dönüp ona baktı.

– Evet, keyfim yerinde Bay Gryphus. Çok mutluyum. Hem de kurtlar gibi açım.

Gardiyan, boşları alıp kapıdan çıkarken:

– Ne gibi planlar yapıyorsun bilmiyorum, dedi.

Belki de kaçma planları kuruyorsun, bu nedenle toparlandın birden. Ama şunu bil ki benim elimden uçan kuş bile kurtulamaz. Ona göre ayağını denk al. Zaten çok yakında benden ne gizliyorsan ortaya çıkaracağım.

Cornélius, bu tehdide bir anlam veremedi. Koğuşunda gizlediği herhangi bir şey olmadığından içi rahattı. O gün saat tam on ikide gardiyanın dört askerle koğuşa daldığında da rahattı, hiç heyecanlanmamıştı. Askerler, yatağın içini, ranzanın altını, koğuşun her köşesini didik didik aradılarsa da hiçbir şey bulamadılar. Cornélius, diğer iki soğanı Rosa'ya verdiği için çok mutluydu. Aksi hâlde gardiyan lale soğanlarını acımasızca ezerdi veya Jacob Gisels'e satabilirdi.

Gryphus, askerlerle birlikte koğuşu terk ederken burnundan soluyordu.

— Elimden kurtulduğunu sanma Van Baerle. Unutma, son gülen iyi güler.

Cornélius, bu tehdide gülüp geçti. Akşam, Rosa'nın getirdiği haberle mutluluktan göklere uçtu. Lalenin topraktan başını uzattığını öğrenmişti. Kızı soru yağmuruna tutarak saksıdaki lalenin en ince ayrıntılarını bile öğrendi ve sevinçle tekrarlayıp durdu.

— Sevgili lalem dimdik ha! Boyu beş santimetre öyle mi? Harika! Rengi koyu demek, hatta şimdiden simsiyah. Tomurcuk kusursuz görünüyor ha! Sen harikulade bir lale yetiştiricisisin Rosa. Çiçeğimiz yarın ya da öbür gün iyice açılacaktır.

— Ne yapacağım o zaman? Laleyi kesecek miyim?

— Aman aman, ne diyorsun sevgili Rosa? İlk yapacağın iş Haarlem'deki Çiçek Yetiştiricileri Derneği'ne bir mektup yazarak siyah lalenin yetiştiğini bildirmek olacak. Paran var mı Rosa?

— Üç yüz Gulden biriktirmiştim.

— Güzel. Çiçeği saksıyla Haarlem'e senin götürmen gerekebilir. Ya da mektubu alan yetkililer çiçeği almak için görevli birini gönderebilirler. Ah, sevgili Rosa, lalenin siyah olduğundan eminsin değil mi?

— Emindim, ama sen bu kadar titizlendikten sonra kuşku duyuyorum şimdi. Odama dönünce yeniden dikkatle incelerim. Ya da yarın biraz daha açtığında emin olabilirim. Babam uyanabilir Cornélius.

Bir aksilik çıkmadan gideyim artık.

❁ ❁ ❁

Cornélius Van Baerle, o gece pek az uyudu. Uyanıkken laleyi düşündü durmadan, uykudaysa rüyasında gördü siyah çiçeğini.

Genç adam, ertesi geceye kadar sabırsızlıkla bekledi. Sonunda saat dokuz olduğunda Rosa'nın ayak seslerini duyunca yerinden fırladı ve kapının parmaklığında aldı soluğu.

– Ne haber Rosa?

– Bir terslik yok Cornélius. Lale henüz tomurcuk hâlde. Bu gece veya yarın açar sanırım.

– Tüm gece seni ve laleyi düşünmekten gözlerime uyku girmedi. Ne düşündüm biliyor musun, mektubu Haarlem'e sen götür demiştim ya, vazgeçtim. Seni yollarda riske atamam; mektubu başka birinin götürmesi gerektiğine karar verdim. Güvenilir birini bulabilir miyiz?

– Biri var. Senin laleyi sevdiğin kadar beni seven bir genç var. Kendisi bir gemici. Ne dersin? Uygun olur mu?

Cornélius, bozulsa da belli etmemeye çalıştı.

– Sözünü ettiğin genç, on saatte Haarlem'e ulaşmalı. Çiçek Yetiştiricileri Derneği'ne bir mektup yaz, laleden söz et ve başkanın hemen buraya gelmesini belirt.

– İyi de Cornélius, başkan gecikirse lale solmaz mı?

– Gecikmeyecektir Rosa. Yeter ki mektup zamanında eline geçsin. Başkan, lale sevdalısıdır. Herkesin yetiştirmek için birbiriyle yarıştığı siyah laleyi görmek için zaman yitirmeden buraya koşacağına eminim. Üstelik lale, iki gün beklese bile solmaz. Başkan geldiğinde sana çiçeği teslim aldığına dair imzalı bir yazı vermeli. O zaman laleyi ona teslim edersin. Unutma, siyah laleyi başkandan önce kimse görmemeli. Aksi hâlde eşsiz çiçeğimizi çalabilirler.

– Aman aman! Bunca zahmetten sonra çalınırsa çok üzülürüm.

– Özellikle Jacob Gisels'ten korumalısın laleyi.

– Kaygılanma Cornélius. Sadece ondan değil, babamdan da koruyorum lalemizi.

– Harikasın Rosa! Ah, bir inansan, benim için o kadar değerlisin ki!

– Siyah lale kadar mı? İyi geceler Cornélius.

Tekrar yalnız kalan genç adam, pencereye geçip dışarı baktı. Gecenin koyu karanlığını siyah lalesine, gökte parlayan yıldızları Rosa'ya benzetti. İkisi de hemen bir kat altında, yakınındaydılar; ama istediği an ulaşamadığı için yıldızlar kadar uzakta gibiydiler.

Cornélius'a aylar kadar uzun gelen bir gün sonrasında, ertesi gece Rosa bir elinde lamba, diğer elinde saksıyla çıkageldi. Kapının parmaklığından bakınca mutlulukla haykırmamak için kendini zor tuttu.

– Lale açtı ha! Oh, tam da hayal ettiğim gibi.

Lalenin dört yeşil yaprağı vardı. Boyu kırk beş santim kadardı; çiçeği kömür kadar, ay ve yıldızları olmayan bir gece kadar siyahtı.

– Siyah! Simsiyah bir lale bu Rosa. Sana nasıl teşekkür edeceğimi bilemiyorum. Hemen bir mektup yazmalısın. Yitirecek zamanımız yok.

Rosa, saksıyı yere koyduktan sonra cebinden bir kâğıt çıkardı. Mektubu yazmıştı bile.

Cornélius bir solukta okudu:

"*Sayın Başkan, siyah lale neredeyse açacak. Çiçek açar açmaz bunu size bildireceğim ve gelip almanızı dileyeceğim. Ben Loevestein Kalesi'ndeki hapishanenin gardiyanlarından Gryphus'un kızıyım. Laleyi kendim getiremiyorum. Laleye 'Rosa Baerle Siyah Lalesi' adının verilmesi en büyük dileğimdir. Tamam, lale açtı işte. Hem de simsiyah. Gelin Sayın Başkan. Gelin ve çiçeği görün, alın. Rosa Gryphus.*"

Cornélius, genç kıza büyük bir beğeniyle baktı.

— Çok güzel yazmışsın Rosa. Böyle bir mektubu ben yazamazdım.

— Bilmediğim için başkanın adını ve adresini yazamadım.

— Onu da ben yazarım sevgili Rosa, diyen Cornélius adresi yazdı:

"*Bay Van Herysen, Haarlem Çiçek Yetiştiricileri Derneği Başkanı*"

Rosa, mektubu aldı ve gidip genç gemiciye teslim etmek üzere oradan ayrıldı.

❀ ❀ ❀

Jacob Gisels, Cornélius Van Baerle'nin evini dürbünle gözleyen Isaac Boxtel'den başkası değildi. Gerçek adını gizleyerek hapishaneye gelmiş, gardiyan Gryphus'la arkadaş olmayı başarmıştı. Kendisini varlıklı ve dürüst biri olarak tanıtmış, gardiyanı kızı Rosa'yla evlenmek istediğine inandırmıştı. Cornélius Van Baerle hakkında ise ileri geri konuşmuş, onun tehlikeli olduğunu, hükümete karşı planlar yaptığını söylemişti. Tüm bu çabalarının tek amacı vardı; lale soğanlarını ele geçirebilmek ve ödül olarak verilecek yüz bin Gulden'e sahip olabilmekti.

Boxtel, sadece konuk olarak arada bir gidip gelmiyordu; gardiyanı para ve hediyelerle ikna ettiği için Rosa'nın odasının tam karşısındaki binada kalıyordu artık. Genç kızdan kuşkulandığı için onu sürekli göz hapsinde tutuyor, odadaki tüm hareketlerini dürbünle izleyebiliyordu. Saksıdaki laleden haberdardı ve çiçeği çalabilmenin planlarını yapıyordu günlerdir. Rosa'nın olmadığı zamanlarda değişik anahtarlarla kapıyı açmaya uğraşmışsa da başarılı olamamıştı. Sonunda bal mumu kullanıp anahtar deliğinden kalıp çıkararak bir anahtar yapmayı başardı.

Adam çok sabırlıydı. Laleyi isterse henüz topraktan çıktığında da aşırabilirdi, ama açacağı son dakikaya kadar beklemeyi yeğledi. Çiçeğin değişik ortamda solabileceği riskini göze alamazdı. Yüz bin Gulden'i riske atmamak için çok dikkatli davranıyordu.

Rosa, mahkumu görmeye gittiğinde, Boxtel odaya giriyor, lalenin gelişmesini adım adım izliyordu. Kız saksıyı Cornélius'a götürdüğü zaman gizlice onu izlemişti. Mektupla ilgili konuşmaları dinlemiş ve artık laleyi çalmanın zamanının geldiğine karar vermişti.

Rosa, Cornélius ile görüştükten sonra laleyi ve mektubu odasına bırakmış, kapıyı kilitleyip babasının yanına gitmişti. Bir saat sonra odasına döndüğünde lalenin yerinde olmadığını gördü. Şaşkınlık ve heyecandan bayılmamak için duvara tutunup kendini güçlükle toparladı ve Cornélius'a koştu.

– Ah, Cornélius! Çok korkunç bir şey oldu. Korktuğumuz başımıza geldi. Siyah laleyi çalmışlar!

Beyninden vurulmuşa dönen Cornélius, bir an için yüreğinin duracağını hissetti. Elini kalbine bastırırken:

— Ama böyle bir şey nasıl olur? diyebildi sadece inlercesine.

— Odamın kapısını kilitleyip babamın yanına gitmiştim. Döndüğümde kapı yine kilitliydi. İçeriye girdiğimde lalenin çalındığını anladım. Hırsız yedek anahtar yapmış olmalı.

Cornélius, kapının parmaklığını tutup öfkeyle sarsarken:

— Laleyi Jacob Gisels denen o adam çaldı mutlaka, diye bağırdı. Olamaz! Laleyi ona bırakamam! Çiçeği Haarlem'e götürmesine izin veremeyiz. Hemen peşine düşmeliyiz.

Genç adamın çıldıracak hâle geldiğini gören Rosa, onu sakinleştirmeye çalıştı.

— Ne olur sakin ol Cornélius. Babamdan anahtarı alıp getiririm. Evet, laleyi geri alabilmek için elimden geleni yapacağım. Yeter ki sakin ol şimdi. Babam duyarsa...

Koridorun diğer ucundaki merdivenin başında

Gryphus göründü birden. Gürültüyü duyup oraya koşmuştu. Öfkeyle kızının kolundan tutup sarsarken:

– Duydum bile, diye bağırdı. Anahtarı alacaktın ha! Nasıl olur da bir mahkumun kaçmasına yardım edersin. Sana unutamayacağın bir ceza vereyim de aklın başına gelsin.

Cornélius, yumruklarıyla kapıyı döverken çılgınlar gibi bağırıyordu:

– Gryphus! Canını alacağım senin yaşlı bunak! Siyah lalemin çalınmasında senin de payın var! Yaşatmayacağım seni!

Alaycı bakışlarını genç adama çeviren gardiyan:

– Vah zavallı lale yetiştiricisi, beni öldüreceksin ha! Hem de kızımın yardımıyla öyle mi?

Rosa, kolunu sertçe çekerek babasından kurtuldu. Merdivene koşarken bir yandan da Cornélius'a seslendi.

– Her şey bitmedi Cornélius! Bana güven ve sakin ol!

Genç adam, bu sözleri duymuş muydu bilinmez... Üzüntüyle yere çöktü ve yüzünü ellerinin arasına alarak ağlamaya başladı. Yaşlı gardiyan, o anda genç mahkumla başa çıkamayacağını bildiği için öcünü daha sonra almaya karar verdi.

Saksıyla birlikte laleyi alan Isaac Boxtel, aceleyle hapishaneden ayrıldı ve bir arabaya atlayarak hızla uzaklaştı. Hiç durmadan yaptığı bir yolculuktan sonra Haarlem'e ulaştığında içi içine sığmıyordu. Gözü gibi koruduğu laleyi, satın aldığı yeni bir saksıya yerleştirdi.

Rosa'ya gelince... Babasının elinden kurtulan genç kız, koşarak odasına gitti ve yolculuk için alelacele hazırlık yaptı. Üç yüz Gulden'i ve kâğıda sarılı lale soğanını da cebine yerleştirdi.

Genç kızın özgüveni tamdı. Bir zamanlar babasının en büyük zevklerinden biri ata binmekti. Onun sayesinde Rosa da küçüklüğünden beri iyi bir at binicisi olup çıkmıştı. Hemen bir at kiraladı ve Haarlem'e doğru yola çıktı.

Genç gemici de kızdan kısa süre önce atla yola çıkmıştı zaten. Hızla yol alan Rosa, çok geçmeden ona yetişti. Artık hükmü kalmayan mektubu ondan aldı ve gemiciyi geri gönderdi.

Genç kız, o geceyi yol üstündeki küçük bir kasabada geçirdi. Ertesi sabah erkenden yola çıktı ve Boxtel'den sadece dört saat sonra Haarlem'e ulaştı. Birilerine sorup yerini öğrenerek Çiçek Yetiştiricileri Derneği'ni buldu. Başkan Van Herysen, odasındaydı, üstelik yalnızdı. Büyük bir heyecanla ona siyah laleden söz etti ve çalındığını söyledi başkana.

Başkan, yanakları pembeleşmiş genç kızı ilgiyle dinledikten sonra:

— Demek siyah laleniz çalındı ha, dedi. Sözünü ettiğiniz lale mi bilmem, ama iki saat kadar önce anlattığınız özelliklerde bir lale gördüm.

Rosa, büyük bir heyecanla:

— Siyah mı, diye atıldı. Hiç lekesiz, kömür gibi siyah mı?

— Evet, doğru.

— Laleyi getiren adam zayıf, ufak tefek, kocaman kafalı, kel, sinsi bakışlı, yürürken başını öne uzatan biri miydi?

— Evet kızım. Isaac Boxtel'i çok iyi tarif ettiniz.

– Isaac Boxtel mi? Benim lalemi çalan adamın farklı bir adı vardı. Sahtekâr adam, adını değiştirmiş olmalı. Size benden çaldığı laleyi göstermiş. O benim lalem! Onu ben yetiştirdim! Bana inanın lütfen, o benim! Benim!

– Lütfen sakin ol kızım. Beyaz At Oteli'ne gidin ve Bay Boxtel'i bulun. Bu sorunu ancak kendi aranızda çözebilirsiniz. Benim yapabileceğim tek şey var; yüz bin Gulden'in onu yetiştirene ödenmesi gerektiğini yazmak. Güle güle kızım.

– Ah efendim, bir bilseniz...

– Neyi bilmeliyim kızım! Herkes kendisinin haklı olduğunu söylerse benim yapabileceğim bir şey kalmaz. Haklıysanız bunu ancak siz kanıtlayabilirsiniz. Gençsiniz, güzelsiniz, görebildiğim kadarıyla samimi bir insansınız. İçinizde bir iyiliğin olduğunu fark edebiliyorum. Ama şunu unutmayın, doğruyu söylemeyen hapse girecektir. Yalan söylüyorsanız size çok yazık olur!

Tam o sırada dışarıdan heyecanlı, coşkulu sesler geldi. Başkan Van Herysen, merakla odadan çıktı. Koridorun ucuna varınca merdivenden çıkan d'Orange Prensi'yle karşılaştı. Çok şaşırarak yerlere kadar eğildi.

– Onur verdiniz efendimiz. Hoş geldiniz.

– Hoş bulduk Bay Herysen. Bir Hollandalı olarak gemiyi, peyniri, çiçekleri ve çiçekler arasında da en çok laleyi severim. Bir siyah lale yetiştirildiğine dair bir duyum aldım. Buraya onu sormaya geldim aziz dostum. Siyah lale burada mı?

Başkan Van Herysen, siyah laleyle ilgili gelişmeleri kısaca özetledikten sonra:

– Laleyi bana gösteren Bay Boxtel, bir otelde. Lalesinin çalındığını söyleyen genç bir kız ise şu an odamda.

– Madem öyle Bay Boxtel'i buraya çağırın hemen. Odanızdaki genç kıza gelince onun doğru söylediğine inanıyor musunuz?

– Doğru sözlü, dürüst birisine benziyor efendim, ama emin olamayız. Söz verdiğiniz ödülü elde etmek için yalan söylüyor da olabilir.

– Haklısınız. Buna ben karar vermek istiyorum. İçeri girdiğimizde gerçek kimliğimi gizlersiniz ve kızı lale hakkında konuşturursunuz.

Birlikte içeri girdiler. Genç kız o anda pencereden bakıyordu. Prens, şapkasını gözünün üstüne indirip sıradan bir yurttaş gibi pencere önündeki bir koltuğa oturdu. Aklı siyah lalede olan Rosa, yabancıya bakmadı bile. Onun, babasının tayinini yaptıran prens olduğunu fark edememişti. Prens de kızı tanıyamamıştı.

Rosa'nın kaygılı bakışları başkandaydı.

– Beyefendinin yanında konuşabilirsiniz Bayan Rosa, dedi Başkan. Kendisi güvendiğim, çok saygı duyduğum biridir.

– Ne olur efendim, beni otele göndermeyin, dedi Rosa, yalvarırcasına. Bay Boxtel'in laleyle birlikte buraya gelmesini sağlayın. Karşılaşmamız sizin huzurunuzda olsun. Kimin haklı olduğuna siz karar verin. Benim yetiştirdiğim lale olsa da olmasa da sadece gerçeği söyleyeceğime yemin ediyorum. Benim lalem değilse çeker giderim. Benim lalemse onu geri alabilmek için ne gerekiyorsa yaparım. Gardiyan babamın tayin dilekçesini vermek için d'Orange Prensi'nin huzuruna çıkmıştım, gerekirse siyah lale için yine çıkarım.

Bir dergiyi inceliyormuş gibi yapan Prens, göz ucuyla genç kıza baktı. Onu hatırlamıştı. Konuşmaları daha da ilgiyle dinlemeye başlamıştı.

– Siyah lalenin sizin olduğunu kanıtlamanız gerekir, dedi Başkan. Nasıl kanıtlayacaksınız?

– Bunu bilemem efendim, ama gerçeği söylüyorum. Bir gardiyanın kızıyım. Laleyi odamda yetiştirdim. Bunun için tüm değerlerim üstüne yemin edebilirim.

– Laleler ve yetiştirilmesi hakkında tüm bilgilere sahip misiniz peki?

Rosa, önce ne diyeceğini bilemedi. Başkan'a ve Prens'e bakarak bir süre sustuktan sonra:

– İkinize de güvenebilir miyim efendim, diye sordu.

– Evet, elbette Bayan Rosa, diye karşılık verdi Başkan.

– Tabii, dedi Prens de.

Rosa, derin bir iç geçirdikten sonra:

– Madem öyle gerçeği söylüyorum; çiçekleri çok severim, ama türleri ve yetiştirilmesi hakkında pek bir şey bilmem. Yoksul ve cahil bir kızım ben.

Hatta okumayı, yazmayı da sadece birkaç ay önce bir mahkumdan öğrendim. Lalenin yetiştirilmesini de o mahkum tarif etti.

– Siyasi bir mahkum mu o, diye sordu Başkan Van Herysen.

– Evet efendim.

– Laleyi yetiştirmek için onunla konuştunuz, öyle mi? Bir gardiyanın kızı olarak siyasi bir mahkumla konuşulmayacağını bilmeniz gerekirdi. Bunun cezası büyüktür.

Prens, korkudan yüzü sapsarı olan genç kızı rahatlatmak istedi.

– Sözünü ettiğiniz konu, Çiçek Yetiştiricileri Derneği'nin görev alanına girmez Bay Herysen. Sadece siyah lale konusuyla ilgilenin lütfen. Rahat olun ve anlatın küçük hanım.

Ters ışıktan yüzü pek seçilmeyen Prens'e bakan Rosa'nın korkusu dağılır gibi oldu. Son üç ayda olanları olduğu gibi anlattıktan sonra:

– Babam, görevine çok bağlıdır efendim, ama çok serttir, acımasızdır, dedi. İlk lale soğanını ezdiğinde mahkumun üzüntüden öleceğini sandım. Yemeden içmeden kesilen zavallı adamı ölüme terk edemezdim. Onu tekrar yaşama bağlayabilmek için lalesini yetiştirme işini üstlendim. Öğrettiklerini uyguladım ve siyah laleyi yetiştirmeyi başardım. Başardım da ne oldu sanki? Babamın dostluğunu kazanan Jacob Gisels adındaki sahtekâr bir adam, siyah laleyi çalmayı başardı. Hâlbuki çiçeği gözüm gibi koruyordum. Baktım ki zavallı mahkum çıldıracak hâle geldi, yollara düştüm ve işte karşınızdayım.

– O mahkumu tanıyalı çok olmadı değil mi, diye sordu Prens. Gardiyan Gryphus'un Loevestein'e gönderilmesinden bu yana sadece dört ay geçti.

Rosa, iri, mavi gözlerini yabancıya çevirdi.

– Doğru, ama bunu nasıl bilebilirsiniz, diye sordu şaşkınlık içinde.

Kız, onun d'Orange Prensi olduğunu hâlâ anlayamamıştı. Koskoca prensin, böyle yerlerde, halk arasında olabileceğini aklının köşesinden bile geçiremiyordu.

– Babanızın tayinini o mahkumun ardından gidebilmek için siz istemiştiniz değil mi?

– Şey, dedi genç kız yere bakarak. Evet doğru

efendim, itiraf ediyorum; mahkumu Lahey'de tanımıştım.

Prens, "Ne şanslı mahkummuş." diye geçirdi içinden.

Az sonra Isaac Boxtel, lale kutusuyla odaya girdi ve çevresindekilere dikkat etmeden Başkan'ın karşısına geçti.

– Beni çağırmışsınız Sayın Başkan.

Başkan, pencere önünde oturan adama bakınca, Boxtel de bakışlarını oraya çevirdi. Büyük bir şaşkınlıkla:

– D'Orange Prensi, diye bağırdı. İnanamıyorum, siz burada... Sizi görmek benim için büyük bir onur. Saygılarımı sunarım efendim.

Şaşırma sırası Rosa'daydı.

– D'Orange Prensi mi? Aman Tanrım!

Rosa'yı fark eden Boxtel'in kaşları çatıldı, yüzü gerildi. Bu durum, Prens'in gözünden kaçmamıştı.

– Bay Boxtel, dedi Prens. Rosa adındaki bu genç

kız, sizi tanıdığını söylüyor ve siyah laleyi kendisinin yetiştirdiğini iddia ediyor. Sahte bir adla hapishaneye gitmiş, Rosa'nın babasıyla dost olmuşsunuz. Fırsatını bulunca laleyi çalmışsınız.

— Yalan söylemiş Prensim. Evet, o hapishaneye gittim, Bay Gryphus'un konuğu oldum. Ama lale çalmak gibi bir amacım yoktu.

— Hapishaneye neden gittiniz peki?

— Şey... Efendim gerçeği söylemek gerekirse Rosa'ya âşık olmuştum. Tek amacım onunla evlenebilmekti. Bu nedenle oradaydım. Hakkımda soruşturma yapabilirsiniz Prensim. Yirmi yıllık lale yetiştiricisiyim. Pek çok lale yetiştiricisi beni tanır. Bir gün bu kızın babasına yetiştirdiğim siyah laleden ve büyük para ödülünden söz etmiştim. Rosa da yanımızdaydı. Kızın bir mahkuma âşık olduğunu nereden bilebilirdim? İkisi birlikte, koyduğunuz ödüle sahip olabilmek için böyle bir plan hazırlamışlar demek.

Rosa, kendini tutamadı.

— Siz büyük bir yalancısınız Bay Jacob! Gözleriniz hep lale soğanımdaydı. Bunu kanıtlamak için bir gün bahçeye lale soğanı diker gibi yaptım ve bir yere gizlenip sizi gözledim. Toprağı kazıp lale soğanını göremeyince öfkeden çıldırdınız. Söyleyin yalan mı bunlar?

D'Orange Prensi, adamın yanıt vermesine fırsat vermeden elini kaldırdı ve gür bir sesle araya girdi.

– Söyleyin Bay Boxtel, bu genç kızın âşığı diye sözünü ettiğiniz mahkum kim?

Boxtel, bu soruya çok sevindi.

– Adı Cornélius Van Baerle efendim. Kendisi Corneille de Witt'in dostuydu. İkisi de vatan hainidir. Hükümeti devirebilmek için birlikte planlar yapıyorlardı.

Rosa, Prens'in önünde diz çöktü.

– Yalvarırım Prensim, bana inanın. Cornélius çok dürüst ve temiz bir insan; o, asla vatan haini olamaz.

– Mahkumu bilmem ama sizin dürüst ve temiz birisi olduğunuza inanıyorum. Sizi yanlışlığa, duygularınız ve mahkuma olan aşkınız itmiş olmalı.

– Ah efendim, inanın bana; Cornélius, siyah lale için plan yapmadığı gibi hapis yatmasını gerektiren bir suç da işlememiş.

— Corneille de Witt'in Fransa Kralı'na yazdığı bazı mektuplar onun evinde bulundu, buna ne diyeceksiniz bakalım?

— Cornélius, mektuplarla ilgili hiçbir şey bilmiyormuş. Kendisine verilen bir zarfı içeriğini bilmeden emanet olarak evinde bulundurmuş sadece. Ah, onu bir tanısaydınız efendim, çok dürüst bir insan olduğunu anlardınız.

— Bay Isaac Boxtel, onu hükümete karşı planlar yapmakla suçluyor. Ayrıca görüyoruz ki kendisi aynı zamanda hırsız.

— Ortada tek bir hırsız var efendim, o da bu adam! Kendisini bize Jacob Gisels olarak tanıtan düzenbaz! Onun gerçek kimliğini bilseniz onu bir dakika bile konuşturmazsınız.

— Hanımefendi, ben duygularımla değil kanıtlarla hareket etmek zorundayım. Siyah lalenin size ait olduğunu, Cornélius Van Baerle'nin masum olduğunu belgeleyecek kanıtlar sunmanız gerekir.

Beyninde şimşek çakan Rosa, birden Isaac Boxtel'e döndü.

— Elinizdeki lale sizin mi, diye sordu sert bir sesle.

– Elbette benim.

– Kaç soğanınız vardı? Nerede onlar?

– Şey... Üç lale soğanım vardı. Biri büyümedi. İkincisi bu laleyi verdi. Üçüncüsü evimde.

– Yalan, yalan, yalan! İşiniz gücünüz yalan söylemek. Gerçekleri tekrarlayayım da öğrenin. Evet, üç tane siyah lale soğanı vardı, ama sizde değil. Durmadan suçladığınız o mahkumdaydı. Koğuşunda yetiştirdiği ilk lale soğanını babam ayakları altında ezdi. Benim diktiğim ikinci soğan işte elinizdeki saksıdaki bu laleye dönüştü.

Onu ilgiyle dinleyen d'Orange Prensi, kızın kararlı konuşmasından etkilenerek:

– Peki, üçüncü soğan nerede, diye sordu.

Bu soruyu bekleyen Rosa, heyecanla elini iç cebine daldırdı.

– Bende efendim. Cornélius Van Baerle, bir kâğıda sarıp vermişti. Buyurun işte!

Genç kız, kâğıdı açıp lale soğanını Prens'e verdi. Prens ilgiyle lale soğanını incelerken, Rosa'nın gözleri kâğıttaki yazıya takıldı. Merakla okuyunca bir sevinç çığlığı attı. Kâğıdı prense uzatırken:

— İşte kanıt Prensim! Okuyun lütfen.

D'Orange Prensi, lale soğanını Başkan'a verdi ve kâğıdı alıp sessizce okudu.

Segili Van Baerle,

Sana verdiğim zarfı açmamanı, içindeki kâğıtları okumamanı istemiştim. Bu satırları okur okumaz zarfı hemen yak lütfen. Kendi iyiliğin için kesinlikle okuma sakın. Onları yakmakla onurunu kurtarmış olacaksın.

26 Ağustos 1672
Corneille de Witt

Rosa, böylece iki şeyi kanıtlamış oluyordu. Cornélius Van Baerle'nin mektupların içeriğinden haberi olmadığını ve siyah lalenin ona ait olduğunu.

Altın saçlı genç kızın gözlerinin içinin güldüğünü fark eden Prens, bakışlarıyla sakin olmasını işaret etti ona. Sonra Isaac Boxtel'e bakarak:

— Siyah laleyi Başkan'a bırakıp gidin Bay Boxtel, dedi. Doğru olan neyse onu yapacağıma emin olabilirsiniz.

Başkan Van Herysen'e dönen Prens:

— Bay Herysen, bu genç hanımı ve siyah laleyi sizin korumanıza bırakıyorum. Kararımı en kısa sürede vereceğim. Yeniden görüşmek üzere, hoşça kalın.

Prens, sözlerini bitirdikten sonra Çiçek Yetiştiricileri Derneği'nden ayrıldı. Sokağa çıktığında "Prensimiz çok yaşa!" sesleri duyuldu.

Boxtel, otele dönerken içini bir korku sarmıştı. Prens'in okuduğu kâğıtta ne yazıyordu acaba?

Başkan ile baş başa kalan Rosa, laleyi yapraklarından öptükten sonra:

— Sonunda hak yerini bulacak sevgili lale, dedi. İyi ki Cornélius bana okumayı öğretmiş.

Rosa, Başkan Van Herysen'in evinde birkaç gün kaldı. Bir akşam, d'Orange Prensi'nin görevlendirdiği bir subay tarafından alınarak belediye sarayına götürüldü. Geniş bir salona girdiğinde bir koltukta oturan Prens'le karşılaştı. Prens'in önünde kocaman bir köpek boylu boyunca yatıyordu.

Prens, genç kıza bir koltuğu işaret etti ve oturmasını istedi. Rosa, çekinerek oturdu. Kapıdan girdiği andan beri kızı dikkatle gözleyen köpek, yavaşça yerinden doğruldu. Gidip kızın önüne yattı ve başını onun ayağının üstüne koydu.

— Köpeğim sizi sevdi, dedi Prens gülümseyerek. Bu iyiye işaret. Evet, şu an burada sizinle başbaşayız. Şimdi sorularıma içtenlikle yanıt vermenizi bekliyorum. Babanızı seviyor musunuz?

Böyle bir soru beklemeyen Rosa, kısa süre duraksadıktan sonra:

— Şey, efendim, dedi kaygılı bir sesle. Bunu nasıl ifade etmem gerektiğini bilemiyorum. Bir evladın babasını sevmesi gerektiğini biliyorum. Ama madem içtenlikle yanıt vermemi istiyorsunuz, babamı sevmediğimi söylemek zorundayım.

— Açık konuştuğunuz için teşekkür ederim. Neden sevmiyorsunuz peki?

— Mahkumlara çok kötü davranıyor. Özellikle de Cornélius Van Baerle'ye.

— Van Baerle, sizi seviyor mu?

— Bundan emin değilim efendim. Laleleri daha

çok sevdiğini düşünüyorum bazen. Ama ben onu çok seviyorum.

– Yaşamının sonuna kadar hapiste kalacak bir adamı sevmenin size ne yararı olur ki?

– Onun bana değilse de benim ona yararım olsun yeter. Hiç suçu olmayan birini, dört duvar arasında acı yazgısıyla baş başa bırakamazdım efendim. Onun eşi olabilirsem çok mutlu olacağım. Ama bunu ona bir kez bile söyleyemedim. Ne olur efendim, bize yardım edin.

Prens, zile basıp bir subayı çağırdı ve ona bir mektup verdikten sonra:

– Yüzbaşı, bu mektubu Loevestein'a götürün ve hapishane müdürünün, yazdığım emirlere harfiyen uymasını sağlayın, dedi.

Prens, subayın ayrılışından sonra baş başa kalınca genç kıza döndü tekrar.

– Üç gün sonra Lale Şenliği var. Şu beş yüz Gulden'i alın ve bir gelin gibi giyinin.

❋ ❋ ❋

Bu süre içinde hapishanede neler olmuştu acaba?

Gardiyan Gryphus, bir süre Cornélius Van Baerle'ye bağırıp çağırmış, hakaretler yağdırmış, sonra da kızının odasına gitmişti. Mahkumla iş birliği ettiği için ona iyi bir ceza vermeyi düşünüyordu. Ne var ki kızı ortada yoktu. Bunun üzerine Jacob Gisels'i görmek istedi. Karşı binaya gidip onu da göremeyince ortada bilmediği bir şeylerin döndüğünü anladı. Kızının aklını çelen, kendisine karşı gelmesine neden olan Cornélius'tan başkası değildi. Onu şimdiye değin yeterince cezalandırmadığı için hata ettiğini düşündü ve burnundan soluyarak tekrar Cornélius'un koğuşuna gitti. Kapıyı açıp öfkeyle içeri daldı ve genç adamı ölesiye dövdü.

Cornélius çok üzgündü; tüm duyguları âdeta körelmiş, yaşama sevinci bir anda uçup gitmişti. Gardiyanın hakaretlerini duymuyor, acımasız tekmelerini hissetmiyordu bile. Neyse ki gürültüler üstüne bir gardiyan gelip araya girdi de Cornélius daha fazla dayak yemekten, belki de ölmekten kurtuldu.

Rosa, üçüncü gün de ortalıkta görünmeyince

Gryphus, Cornélius'a karşı daha da kinlendi. Bu kez eline bir sopa alarak koğuşa yürüdü.

O sırada Cornélius, pencerenin önünde dikilmiş, dalgın dalgın güvercinleri izliyordu. Tek tesellisi pencerenin önüne kâh konup kâh uçuşan bu sevimli hayvanlardı. Her zamanki gibi Rosa'yı ve laleyi düşünüyordu. Lale çalınmıştı artık, onun için bir şey yapamamanın çaresizliği içindeydi. İyi de Rosa'ya ne olmuştu? Neden günlerdir ziyaretine gelmiyordu? Gelmediği gibi neden iki satır yazı yazmamıştı? Genç adam, bu duruma daha fazla dayanamayacağını anladı. Sonunda kaçmaya karar verdi. Ama nasıl? Pencere küçücük ve parmaklıklı, kapı ise sağlamdı. Üstelik Gryphus, sürekli kendisini denetliyordu. Yaşlı adamı öldürecek hâli de yoktu; çünkü katil ruhlu biri değildi.

Cornélius, böyle derin düşünceler içindeyken Gryphus, odaya daldı. Elinde kocaman bir sopa vardı. Gözleri delice parlıyordu. Sopayı sallarken:

– Çabuk söyle, kızımı nereye gönderdin, diye bağırdı. Günlerdir ortada yok. Söyle diyorum, Rosa nerede? Söyle yoksa kemiklerini un ufak ederim!

Cornélius çok şaşırdı. Demek Rosa bir yerlere gitmişti? İyi ama nereye? En son ayrılışında söylediği sözü anımsadı. "Her şey bitmedi Cornélius! Bana güven ve sakin ol!" demişti. Birden içine bir ışık doğdu; karamsarlığın yerini büyük bir mutluluk aldı. Belki de her şey henüz bitmemişti.

Gardiyan Gryphus, mahkumun yüzünde belli belirsiz bir gülümseme görünce çılgına döndü ve sopayı genç adamın başına indirdi. Cornélius, çevik bir hareketle yana çekilirken, çelme takıp gardiyanı düşürdü. Sopayı kaptığı gibi Gryphus'u evire çevire dövmeye başladı. Adamın çığlıkları üzerine diğer gardiyanlar koşarak oraya geldiler ve Cornélius'u kıskıvrak yakaladılar.

Gryphus, sendeleyerek ayağa kalkarken güçlükle konuşuyordu.

– Yasalara göre gardiyan döven bir mahkum vurularak cezalandırılır. İşin bitti artık Cornélius! Vurulacaksın!

Gardiyanlar, koğuşun kapısını kilitleyip ayrıldılar. Cornélius, yine tek başınaydı ve bu kez çok daha karamsardı. Kendisini hiçbir şeyin kurtaramayacağına inanıyordu. Pencerenin önüne gidip güvercinleri izlemeye başladı tekrar. Onlar gibi özgür olabilmeyi, istediği zaman istediği gibi davranmayı, istediği yere gidebilmeyi ne çok isterdi; ama bunlar bir hayaldi artık. Ölüm kaçınılmaz bir sondu kendisi için.

Birkaç gün sonra d'Orange Prensi'nin görevlendirdiği yüzbaşı, Cornélius Van Baerle'yi, hapishane müdüründen teslim aldı. Cornélius, dışarıya çıkarılırken kurşuna dizilmek için götürüldüğüne emindi.

Gardiyan Gryphus, genç adamın ardından nefretle bağırdı.

— Vatan hainliğinin ve bana yaptıklarının cezasını çekeceksin sonunda! Güle güle! Ha ha ha!

Avluya çıktıklarında kendisini bekleyen bir idam mangası görmeyen Cornélius şaşırdı. Bir arabanın yanında birkaç asker vardı; onlar da kendi aralarında sohbet ediyorlardı, o kadar.

Subay ve askerler, elleri bağlı mahkumu arabaya bindirdiler. Araba hapishaneden uzaklaşırken, Cornélius nereye götürüldüğünü sordu. Haarlem'e gittiklerini öğrenince, "Anlaşıldı, başkalarına ibret olsun diye kent merkezinde, kalabalık önünde kurşuna dizecekler beni." diye düşündü.

15 Mayıs Lale Bayramı'ydı ve Haarlemliler için büyük bir gündü. Bu yılki bayram, siyah lale ödülü dolayısıyla özel önem taşıyordu. Kentin merkezindeki geniş meydan, tören için hazırlanmıştı. D'Orange Prensi, siyah laleyi yetiştiren şanslı kişiye yüz bin Gulden değerindeki altın torbasını burada verecekti.

Tören yerine ilk olarak Çiçek Yetiştiricileri Derneği Başkanı Van Herysen geldi. Onu izleyen bilim insanları, yargıçlar, subaylar ve diğer ünlü kişiler de alkışlar arasında alandaki yerlerini aldı. En büyük alkışı, hiç kuşkusuz eller üstünde getirilen siyah lale topladı. Lale, altın sırmalı, beyaz ipekli bir örtü serili bir masaya konuldu. Masanın iki yanında da özel giysiler içinde birbirinden güzel kızlar duruyorlardı. Bu kızlar arasında gelinlikler içinde göz kamaştıran güzellikteki Rosa da bulunuyordu.

Herkesin gözü, siyah laleyi yetiştiren şanslı kişiyi aradı. Bu başarılı ve adı saklı tutulan çiçek yetiştiricisi kimdi acaba?

Başkan Van Herysen, günün anlamı ve siyah lale hakkında bir konuşma yaptıktan sonra:

— Şimdi, bu siyah laleyi yetiştiren kişinin ortaya çıkıp kendisini göstermesini istiyorum, dedi.

O ana kadar heyecanla töreni izleyen Isaac Boxtel, hemen lalenin yanı başında aldı soluğu. Bakışları laleye değil saksının yanındaki yüz bin Gulden değerindeki altın torbasına dikilmişti. Sahtekâr adam, mutluluktan titriyordu. Bir yandan da, "Az sonra d'Orange Prensi gelecek ve altınları bana verecek." diye düşünüyordu. Laleye "Boxtel Siyah Lalesi" adını verdiğini duyuracak. Ama şu kız... Rosa ortaya çıkıp da bir aksilik çıkarmasa bari!"

O sırada alanın girişinde bir araba göründü. Cornélius Van Baerle'yi getiren arabaydı bu. Herkesin gözü lalede olduğundan kimse arabayı fark edemedi.

Uzun yolculuk nedeniyle yorgun düşen Cornélius, kalabalığı görünce nedenini sordu yüzbaşıya.

– Lale Bayramı'nı bilirsiniz, diye karşılık verdi yüzbaşı. Az sonra d'Orange Prensi, bu alana gelecek ve siyah laleyi yetiştiren şanslı kişiye ödülünü verecek.

Çok heyecanlanan Cornélius, arabanın penceresinden başını çıkardı.

– Lale nerede? Benim lalem olmasın sakın! Rosa'nın yetiştirdiği lale olabilir. Onu görmek istiyorum. Birilerinin benim laleme kendi adını vermesine katlanamam. Ne olur bırakın da bir yanlış varsa düzelteyim, hakkımı arayayım. Sonra yine kurşuna dizin beni.

Yüzbaşı, arka pencereden bakınca:

– Susun ve başınızı geri çekin, dedi. İşte d'Orange Prensi'nin arabası alana giriyor. Az sonra yanımızdan geçecek. Herhangi bir taşkınlıkta bulunmayın sakın!

Prens'in atlı korumaları arabanın yanından geçti. Prens geçerken Cornélius, başını pencereden çıkardı ve:

– Saygıdeğer Prensim, ne olur birkaç dakika izin verin de siyah laleyi yakından göreyim, dedi yalvarırcasına.

Prens, şaşırıp arabayı durdurdu ve subaya bakarak saçı sakalı birbirine karışmış, bu kılıksız adamın kim olduğunu sordu.

— Getirmemi emrettiğiniz Cornélius Van Baerle Sayın Prensim, dedi subay. Vatan hainliğiyle suçlanıyordu, ama buna bir de gardiyan dövme suçu da eklendi.

Bu sözler, Cornélius'un laleyi görme umutlarını bitirdi. Genç adam, yığılmış gibi yerine çöktü. Artık götürüp kurşuna dizebilirlerdi; her şey bir anda anlamını yitirmişti.

D'Orange Prensi, adını sıkça duyduğu mahkuma ilgiyle baktı ve onun laleyi görmesine izin verdi. Kulaklarına inanamayan Cornélius birden canlandı. Gözleri mutluluk ve coşkuyla parlarken minnettar bakışlarla Prens'e teşekkürlerini sundu.

Prens ise yoluna devam etti ve alkışlar, övgülü bağırışlar arasında alana girdi. Lalenin yanındaki altın işlemeli sandalyeye oturduğunda elini kaldırıp alkışların kesilmesini sağladı. Gözleri mahkumun üzerindeydi.

Cornélius, dört asker arasında siyah laleye doğru yürüyordu. Attığı her adımda heyecanı daha da artıyordu. Sonunda lalenin yanına ulaştı. Yaşadıklarından ötürü şaşkındı ve gözleri laleden başka hiçbir şey görmüyordu. Yüreği şiddetle çarparken:

– Lalem, diye fısıldadı. Bu, benim siyah lalem. Rosa'nın, sevgili Rosamın yetiştirdiği lale.

Bakışlarını çevirdiğinde kızların arasında gelinlik giysisi içinde Rosa'yı görünce şaşkınlığı bir kat daha arttı. Genç kızın güzelliği karşısında kalbi duracak gibi oldu. Elini kalbine bastırırken:

– Rosa, dedi inlercesine.

Genç adam, o anda dünyanın en mutlu ve en üzgün insanıydı. Siyah lalesini ve Rosa'yı bir kez daha görebildiği için çok mutluydu. Ne var ki az sonra onlardan koparılıp kurşuna dizilecekti; ama öleceği için değil, iki sevgiliden ayrılacağı için üzgündü.

Cornélius'u, Rosa'yı ve Isaac Boxtel'i dikkatle izleyen d'Orange Prensi, yavaşça ayağa kalktı. Rosa'yı yanına çağırıp elini tuttu ve:

– Bu siyah laleyi siz mi yetiştirdiniz çocuğum, diye sordu.

– Evet efendim, diye karşılık verdi genç kız.

Boxtel, her şeyin tersine döndüğünü fark etti ve korkudan yığılacak hâle geldi. Ayakta zor duruyordu artık.

Prens, konuşmasına devam etti.

— Bu laleye "Rosa Baerle Siyah Lalesi" adını veriyorum. Çünkü bu iyi kalpli kız, az sonra Rosa Baerle adını alacak.

Kulaklarına inanamayan Cornélius Van Baerle, mutluluk gözyaşları dökmeye başladı. Kurşuna dizileceğini sanırken; her şey birden düzelmiş, mutlulukların en büyüğü bağışlanmıştı kendisine.

D'Orange Prensi, yanı başındaki bir subaya Isaac Boxtel'i tutuklamasını emrettikten sonra Rosa'nın elinden tutarken:

— Yanımıza gelin Bay Cornélius, dedi.

Kızın elini, Cornélius'un ellerinin arasına bıraktı. İki sevgilinin elleri kenetlenirken Prens, konuşmasını sürdürdü.

— Bay Cornélius, işlemediğiniz bir suç için tutuklanmıştınız. Bayan Rosa, kararlı ve bilinçli mücadelesiyle siyah lalenin size ait olduğunu ve üstelik suçsuz olduğunuzu kanıtladı. Onurunuz, eviniz,

topraklarınız ve paranız size iade edilecek. Tüm bunlar için Rosa'ya sonsuz teşekkür borçlusunuz.

Prens, altın torbasını işaret etti.

– Ödüle gelince... Onu hanginize vermem gerektiğini uzun uzun düşündüm. Soğanı siz elde ettiniz, ama Rosa olmasaydı koşullarınız uygun olmadığı için siyah lale yetiştirmeyi başaramayacaktınız. Düğününüzü ben yapacağım ve düğünün sonunda bu parayı Rosa'ya vereceğim. Yalnız laleyi yetiştirdiği için değil; dürüstlüğü, cesareti, kararlılığı, bağlılığı ve daha pek çok erdemli özellikleri için. Size yaşam boyu mutluluklar diliyorum dostlarım.

Koca meydan alkışlarla çınlarken, genç âşıkların gözlerinden mutluluk göz yaşları dökülüyordu. Yanaklarına süzülen her damla, torbadaki altınlardan katbekat değerliydi.

Arkadaş Gökkuşağı Koleksiyonu Büyüyor

Alice Düşler Ülkesinde • *Lewis Carroll*
Anadolu Söylenceleri • *Ali Püsküllüoğlu*
Arı Maya • *Waldemar Bonsels*
Ay'a Yolculuk • *Jules Verne*
Ay'ın Çevresinde • *Jules Verne*
Babalar ve Oğullar • *İvan Sergenyeviç Turgenyev*
Bahçedeki Fil • *Michael Morpurgo*
Balonla Beş Hafta • *Jules Verne*
Baskerville'lerin Köpeği • *Arthur Conan Doyle*
Beş Afacanın Kır Maceraları • *Edith Nesbit*
Beyaz Diş • *Jack London*
Binbir Gece Masalları • *Antoine Galland*
Bir Dinozorun Günlüğü • *Julia Donaldson*
Bir Gazetecinin Yolculuk Notları • *Jules Verne*
Bir Keloğlan Varmış • *Öner Yağcı*
Bir Şeftali Bin Şeftali • *Samed Behrengi*
Bir Yılbaşı Öyküsü • *Charles Dickens*
Büyük Umutlar • *Charles Dickens*
Çalınan Taç • *Mark Twain*
Çocuk Kalbi • *Edmondo De Amicis*
Çehov'dan Seçme Öyküler • *Anton Pavloviç Çehov*
David Copperfield • *Charles Dickens*
Define Adası • *Robert Louis Stevenson*
Değirmenimden Mektuplar • *Alphonse Daudet*
Demiryolu Çocukları • *Edith Nesbit*
Deniz Kurdu • *Jack London*
Denizde Bulunan Çocuk • *Jules Verne*
Denizler Altında Yirmi Bin Fersah • *Jules Verne*
Despero'nun Öyküsü • *Kate DiCamillo*
Don Kişot • *Miguel de Cervantes*
Dünyanın Merkezine Yolculuk • *Jules Verne*
Dünyanın Ucundaki Fener • *Jules Verne*
Efsaneler • *Ali Püsküllüoğlu*
Ejderha Süvarisi • *Cornelia Funke*
Esrarlı Ada • *Jules Verne*
Ezop Masalları • *Aisopos*
Francine Poulet ve Hayalet Rakun • *Kate DiCamillo*
Galileo • *Thierry Delahaye*
Gezgin Cambazlar • *Jules Verne*
Gılgamış Destanı • *Jean Muzi*
Gizli Bahçe • *F. Hodgson Burnett*
Güliver Küçük İnsanlar Ülkesinde • *Jonathan Swift*
Gümüş Patenler • *Mary E. Mapes Dodge*
Hasırcı Kız • *Guy de Maupassant*
Heidi • *Johanna Spyri*
Hırsızlar Kralı • *Cornelia Funke*
Huckleberry Finn'in Serüvenleri • *Mark Twain*
İki Sene Okul Tatili • *Jules Verne*
İki Şehrin Hikâyesi • *Charles Dickens*
İlyada ve Odysseia • *Homeros*
İnsan Neyle Yaşar • *Lev Tolstoy*
İşte Öyle Hikâyeler • *Rudyard Kipling*
Kaplanın Çıkışı • *Kate DiCamillo*
Kaptan Grant'ın Çocukları • *Jules Verne*
Kayıp Dünya • *Arthur Conan Doyle*
Kelile ve Dimne • *Beydebâ -İbnü'l-Mukaffa*

Arkadaş Gökkuşağı Koleksiyonu Büyüyor

Keloğlan Devler Ülkesinde • *Öner Yağcı*
Keloğlan Sihirli Dünyada • *Öner Yağcı*
Kimsesiz Çocuk • *Hector Malot*
Kimsesiz Kız • *Hector Malot*
Kip Kardeşler • *Jules Verne*
Kurnaz Tilki • *Goethe*
Küçük Kadınlar • *Louisa May Alcott*
Küçük Kara Balık • *Samed Behrengi*
Küçük Lord • *F. Hodgson Burnett*
Küçük Prens • *Antoine de Saint-Exupéry*
Leroy'un Atı • *Kate DiCamillo*
Marangozun Köpeği Kaştanka • *Anton Pavloviç Çehov*
Mercan Adası • *Robert Michael Ballantyne*
Michel Strogoff • *Jules Verne*
Moby Dick • *Herman Melville*
Monte Cristo Kontu • *Alexandre Dumas*
Mutlu Prens • *Oscar Wilde*
Nasrettin Hoca • *Ali Püsküllüoğlu*
Nereye Baby Lincoln? • *Kate DiCamillo*
Notre-Dame'ın Kamburu • *Victor Hugo*
Oliver Twist • *Charles Dickens*
On Beş Yaşında Bir Kaptan • *Jules Verne*
Orman Çocuğu Mogli • *Rudyard Kipling*
Oz Büyücüsü • *L. Frank Baum*
Parmak Kız Parmak Çocuk • *Hans Christian Andersen*
Peter Pan • *J. M. Barrie*
Pinokyo • *Carlo Collodi*
Pollyanna • *Eleanor H. Porter*
Robin Hood • *Howard Pyle*
Robinson Crusoe • *Daniel Defoe*
Robinsonlar Okulu • *Jules Verne*
Savaş ve Barış • *Lev Tolstoy*
Sefiller • *Victor Hugo*
Seksen Günde Devriâlem • *Jules Verne*
Sevgili Jerry • *Jack London*
Sihirbazın Fili • *Kate DiCamillo*
Sirk Köpeği • *Jack London*
Siyah İnci • *Anna Sewell*
Siyah Lale • *Alexandre Dumas*
Son Şövalye • *Alexandre Dumas*
Tolstoy'dan Seçme Öyküler • *Tolstoy*
Tom Amca'nın Kulübesi • *Harriet Beecher Stowe*
Tom Sawyer • *Mark Twain*
Tuna Kılavuzu • *Jules Verne*
Türk Halk Öyküleri • *Ali Püsküllüoğlu*
Uzay Tatili • *Hasan Yiğit*
Uzaylılar Karadeniz'de • *Hasan Yiğit*
Üç Silahşörler • *Alexandre Dumas*
Vadideki Zambak • *Honore De Balzac*
Vahşetin Çağrısı • *Jack London*
Willoughby Ailesi • *Lois Lowry*
Winn-Dixie Sayesinde • *Kate DiCamillo*
Yeşil Işın • *Jules Verne*

Milli Eğitim Bakanlığı'nca ilköğretim öğrencileri için okunması tavsiye edilen 100 Temel Eser arasında yer alan bu kitapları genç okurlara sunmaktan mutluluk duyuyoruz.